AF239259

WAS BISHER GESCHAH
IWO RANDOJA

65 vollständig
verjährte
texte
und
vor allem gedichte

© 2007 Iwo Randoja

Herstellung und Verlag: Books on Demand GmbH, Norderstedt

Umschlaggestaltung, Typografie und erhebliche Aufwertung: Stephanie van der Velden

ISBN 978-3-8334-9829-9

Bibliografische Information der Deutschen Nationalbibliothek: Die Deutsche Nationalbibliothek verzeichnet diese Publikation in der Deutschen Nationalbibliografie;
detaillierte bibliografische Daten sind im Internet über http://dnb.d-nb.de abrufbar.

WAS BISHER GESCHAH

IWO RANDOJA

✦

65 vollständig
verjährte
texte
und
vor allem gedichte

inhalt

für alle,
die sich beim blick zurück
regelmäßig
den hals verrenken.

weit daneben

weit daneben,
wenn du weißt,
was du weißt.
zu schön gedacht,
denn: das nächste liegt so weit.

nicht die spur
von deinen gefühlen.
und doch: die sehnsucht unmerklich geteilt.

würdest du glauben,
dass ich von liebe weiß?
würdest du verstehen,
dass ich es spüre,
was zählt?
und würdest du lächeln,
wenn ich das band wahrhaftig denke?
würdest du fragen,
wie es ist,
mitten im traum?
und wie es schmerzt
im schönsten augenblick?

nein,
wir sind nicht schuld oder -los.
nur immer wieder im zweifel
einer neuen frage.
und vergib mir die klage.
sie ist nur für mich.

als ob sie gar nicht wäre.

schschsch

abfließendes wasser
an einem kieselstrand
ist wie
ein 5-sekunden-regen
zurück ins nichts.
der vorsichtige tritt eines riesen
auf rice-crispies.
der radau einer murmelbande
im getriebe zweier hände.

er löst deinen anker
vom erdengrund
und zieht dich weit hinaus.
du wirst
zu einem blatt im strom,
geschoben, gezogen, gedreht.
die ruder eingezogen
bitten dich die wellen zum tanz.

vielleicht
ist es ein stückchen vogelflug,
vielleicht
der blick der sonne,
der diesen sog beschließt.

und dann
ist wieder
zurückkommen
von allen reisen
die schwerste.

wie immer,
wenn das ziel
weiterhin besteht.
jedoch:
die nächste
ist schon eingetroffen.

danke einstweilen
fürs mitnehmen.

zeit der erwartungen

die lange zeit der erwartungen geht in pension.
sie hat es sich verdient:
tag für tag um jede ecke gerannt,
den kleinsten muskel angespannt;
sie streift sich sanft
mit grobgekörnter hand
durchs erschütterte haar.

was hat sie nicht alles nicht erlebt
im leben ihrer träume?
wieviel hat sie verschenkt?
so selbstlos immer für anderes da.
jeder moment in hübsches graues packpapier verpackt,
im keller ostereierlich versteckt
(„es könnt' ja einer kommen!").

der keller platzte fast.
sie hielt bedeckt,
was nackt und bloß am strande lag.
und einfach liegen
lag ihr nicht.
ihr sonnenöl ein schweigen,
fein säuberlich die haut verhüllt.

sie atmet gestern aus
und morgen ein.
und heute hebt und senkt sich nur die brust.
sie trauerte nicht,
denn trauer ist der schmerz des moments.
sie ließ nur geschehen,
was mit ihrem lassen geschah.
zumindest diesem gab sie sich hin.
und schwelgte im glauben an glauben.

genuss war ein tag im jahr der angst,
verachtung die nacht
und hoffnung der morgen.
die liebe der schatten eines vergangenen gefühls.
doch was sie gab,
war ohne kommentar.

da sitzt sie jetzt mit zitternder hand
in ihrer altersstadt
und nähert sich,
dem tode nah,
dem leben.

die uhr läuft längst nicht mehr,
zum aufziehen fehlt ihr die zeit.

und sie steht da,
so schnell wie nie zuvor.
und grinst beglückt nach vorn.
mach's gut,
ich hab dich lieb!

liebesverdienst

niemand verdient die liebe,
keiner verdient sie nicht.

es ist nur ein trauriges spiel aus worten,
im trubel der einsamkeit.
ein geschenk an gesehen-geglaubtes
im gesicht des anderen.

ich vermisse dich
zu sich selbst gesagt.
die eigene hoffnung vererbt
an eine parallele seele.
doch leider nur ein aussichtsloser deal
auf einer nebelbrücke
in stillschwarzer nacht.

niemand verdient die liebe,
keiner verdient sie nicht.
sie verdient sich nicht mal selbst.
ein schmerz hilft keinem anderen.

der wenigste bauch

es ist,
als ob ein fass aus böden nur besteht.
der wein darin ganz blumenlos,
verwelktes bouquet,
zu dicht für jemandes geschmack.

es ist,
als wenn dir eine hand verwehrt,
was deine einz'ge liebe sich erträumt.
ein starker zug am seil
in einer gegend ohne ort.

es ist,
als wenn die luft im kopf erstickt,
selbst frisch hinein gepresst
bringt sie nur kurz dir flachen hauch.

es ist,
als wenn sich sogar mut
vor angst ergibt,
und trotz
der letzten zuflucht zuflucht schenkt.

und du,
ganz selbstlos,
rollst am boden,
die hände voll gedanken hart am bauch,
der doch so prall dir schien.
dabei warst du doch
von allen deinen bäuchen der wenigste.

der wenigste bauch in deiner welt.

voll

oft genügt nur eine kleine verzückung.
sie füllt den speicher sehnsuchtsvoll.
vielleicht behaucht sie nur den boden,
vielleicht ist sie der tropfen,
der einer zunge „durst gelöscht" verspricht.

doch letztlich-jetztlich ist sie einfach da.
und sollte sie nur ein gedanke sein,
so scheint es doch,
als könnte man ihn zwischen den fingern
zu feinem staub verreiben.

so voll kann leere sein,
wenn man auf hoffnung hofft.
so leer, wenn die gerade
nie in einer kurve endet.

was für ein tag

was für ein tag.
einer ohne
wenn oder aber.
vorgewärmt,
klare scheibe,
entstaubt vom
wischmopp der sonne.

alle schweissraupen
huschen ganz artfremd
von blatt zu blatt
und ich ertappe
die schnellste ente der welt
beim erlkönigtest.

an solch einem tag
sterben die letzten theorien
und der gedanke
an mehr
verliert den halt.

und die wahrheit
sitzt auf einer bank.
ein hund
kommt vorbei
und pinkelt über ihr bein.

was für ein tag.

wie schwer

wie schwer er ist zu finden,
der einfache moment.
wie schwer, zu binden
in einen längsten augenblick.

wie schwer, zu sehen,
die sekunden,
was verschwindet für wochen, tage, stunden
einen an den ander'n band.

wie schwer, der trauer zu begegnen,
die sich windet um die schwere.
es ist, als ob ich einen kleinen tod
zum leben erkläre.

wie schwer es scheinbar ist,
in leichtigkeit zu sein.
kein morgen hängt dem heute
als willen-klotz am bein.

jedoch ist das, was war
und das, was ist
noch lange nicht dasselbe.
kein namenloser boden tauft die tiefe ewigkeit.
und kämpft die leichtigkeit im herz
mit einem kleinen schweren schmerz der tat;

der sieger steht schon lange fest.
vom anbeginn unserer zeiten.

zu viel

zu viel ist oft zu wenig,
zu wenig oft zu viel,
und eine formel gibt es eh nicht
in diesem waagen spiel.
das übermaß ist link-,
die unterlage rechterhand,
doch meist hat so ein seitending
den allerschwersten tatbestand.

man denkt,
man gibt,
man lenkt,
man liebt,
und was am ende übrig bleibt,
wird vom vergessen einverleibt.

denn tut man nichts,
tut man zu viel,
und tut man viel zu wenig,
zubesterletzt ist niemand
jederleutes maß im spiel,
wird man durch nächstes fehlen schacherkönig.

nichts kapiert

sie haben nichts kapiert.
ich bin schön, ich bin jung, ich bin ganz gertig.
so schlankgezogen, so hauchgeweht, so feingestrickt.
na toll, und wer hat mich gefragt?
aber gut: nochmal von vorn für alle.

sie haben nichts kapiert.
ich wurde geboren und hab's beschlossen. ganz einfach
und schnell, denn wozu groß aufhebens machen um eine
gewöhnliche sache. ich habe also beschlossen, dass es das
in kürze ist. mit 30 vielleicht, ach nein, besser mit 32,
schließlich nehme ich nicht jedes dahergelaufene alter.

sie haben nichts kapiert.
ich bin ehrgeizig, wild, jage kleine jungs um den block.
mit treibenden, knospenden ästen. die tun mehr weh auf
dem nackten, frischgehäuteten arm. ich bin schnell, verset-
ze lehrer in permanentes stirngerunzel. wer braucht schon
einen taschenrechner, wenn man kopfrechnen kann? ich
bin sanft, sage „herr heinrich, dieses wort ist so schön" und
lasse das murmeln der anderen in meinem kichersee ver-
blubbern.

sie haben nichts kapiert.
ich gehe. schnur und stracks. und wenn eine ecke kommt,
packe ich zu. ja ich habe muskeln, leisestarke muskeln,
schhhhhhhhhhhhhhh....bitte nicht stören. aber sie tun es
eben doch.

sie haben nichts kapiert.
ich gewinne. ständig. denn ich wette nicht. ich spiele
nicht. ich hoffe nicht. ich bin. und wie dabei.

sie haben nichts kapiert.
ich liege in führung. in demut. erfolgsverwöhnt. aber
wieder murmeln sie. nein... immer noch. hey du, denk
mal. schau mal. haste tomaten auf den sinnen?

sie haben nichts kapiert.
ich liebe. jeden. jede. mich. hach, was sind wir alle zusam-
men großartig. und einzeln. mach die augen zu du allesdu,
ich küsse dich mitten ins gesicht.

sie haben nichts kapiert.
ich habe gewählt. meine auszeit ausgewählt. so, wie zuvor
und zuvor und zuvor. ist doch ganz leicht. und den turm,
von dem es geschieht. drei schritte vor und zwei zurück
klappt leider nicht hihi...zu spät. der dritte ist's. so ein
schlawiner.

sie haben nichts kapiert.
ich lache. beglückt. ich scheine. sie weinen. entglückt.
scheint so. schütteln die glatten schädel. ein paar locken
würden ihnen gut tun. rings und rum und drumherum.

sie haben nichts kapiert.
ich verstehe nicht, warum sie nicht verstehen.
sie fragen sich, warum. ich frage mich, warum.
sie haben nichts kapiert.

pssst

in einem erdbeerfeld erwachen,
die nase ganz voll duft.
und eine biene, zart bestäubt,
betäubt im flug durch leisen riesel.

in einer farbe sein, ganz gelb,
und dann als sonnenimitat das wasser
drachengleich zum himmel steigen lassen.

in meiner hohlen hand ein nest erbauen,
„gestatten, vogel, vogel-frey" und
dann die flattergäste wärmen.

was für ein tag könnte das sein
und ich mitten darin.
psssst, ich schleich' mich leise ran…

um die ecke

vielleicht habe ich immer schon um die ecke gewohnt,
statt mich selbst einen fremden geist belohnt.

vielleicht habe ich schon immer vermisst,
was gleich vor der haustür zu finden ist.

vielleicht hab ich statt nächte die tage verschlafen,
nicht auf dem meer gelebt, sondern im hafen.

vielleicht habe ich dinge zurecht gebogen,
bin als münchhausen durch die lüfte geflogen.

vielleicht habe ich in all diesen tagen
auf äxte gewartet, statt die schneise zu schlagen.

vielleicht glaubte ich einem glauben,
dessen burg gefängnis ist, mit daumenschrauben.

vielleicht habe ich immer die augen verschlossen,
statt liedern nur meine lider genossen.

vielleicht war alles ein traum ohne ausgang,
in dem aus schreien keine warnung herausklang.

vielleicht setzte ich alles auf eine zahl,
dabei gab es doch keine qual der wahl.

deshalb ist's jetzt zeit, das ende zu beenden.
mit eigenem glauben, mit eigenen händen.

na

könnte ich durch ein nadelöhr kriechen,
würde ich zurücksehen?

wandelte ich über wasser,
würde ich meine füße trocknen?

ist blau eine farbe,
wenn man am meer wohnt?

das besondere ist nie verloren.
das andere kein erster flügelschlag,
kein lispeln deiner seele.

na wie wär's?

hallo wie geht's

hallo wie geht's?
sagt sie zu jeder tageszeit.
das murmeltier lässt grüßen.

ihr lächeln so ernst,
wie sie in freude ernst versteht.
ihr zauber, gebadet in staub,
lässt ihre sonne
wie nach einem platzregen zurück.

arbeiten? fragt sie
zu jeder wochenzeit,
als ob im herzen ihrer sonnenuhr
ihr herz nur schlüge.

ihr hab... eingetütet,
sie hält es im griff des rhythmischen tags.
ihr gut... ein apfel,
vom baum fallend in die geöffnete hand.
immer wieder.
ihr weg... ein parcours,
zu schwer für den schiefen geist des endlosen traums,
zu leicht für das gerade los der pläne.

sie geht ihre welt ihren gang,
und ihr ziel ist dort,
wo sie es trifft.
hallo wie geht's?
gut, wenn ich sie sehe.

diese stille

diese stille ist mehr
als nur kein ton.
vielmehr musik
aus wattenen welten.

umhüllend,
eindringend,
tiefer als
die symphonie des moments.
ein zarter pulsschlag
pochend im ewigen herz.

der see hatte so viel zu sagen,
im flüstern seines einzigen worts.
und sogar der wind
hielt den flachen atem an.

jeder ton ein verbrechen.
jedes schweigen der worte zuviel.
keine kraft für bemühen,
die seele im seidenen leerlauf gefangen.

diese stille
lässt einfach keinen platz
für falsches entzücken,
für lust am genuss.
sie ist nur, was sie ist,
in der sinnlosigkeit ihrer zeiten.
ein wort,
nie gesagt, nie geschrieben.
nie gehört, nie gesehen.
und als die grille begann,
fing auch ich an zu lachen.

montagsdepression

meine kleine montagsdepression
kommt morgens kurz vor acht.
vielleicht gehört es zum guten ton,
dass sie laut donnernd durch die stille kracht.

meine kleine montagsdepression
kann mich wohl echt gut leiden.
sie hängt an mir recht lange schon,
die traurigkeit scheint sie adrett zu kleiden.

meine kleine montagsdepression
erdrückt mich gern mit voller kraft.
mit halber tät sich's ja nicht lohnen,
hauptsache, sie steht gut im tränensaft.

meine kleine montagsdepression
lässt mir an hoffnung kaum etwas zurück.
sie stiehlt der letzten woche kargen lohn,
das schmale taschengeld vom glück.

meine kleine montagsdepression
nimmt mir für stunden jeden spaß.
sie sitzt auf ihrem richterthron,
als seelentrampler first class.

doch meine kleine montagsdepression
ist meist nur eine eintagsfliege.
sie stirbt die nacht auf dienstag schon,
und ich, ich warte, bis ich ihr erneut erliege.

wenn er 10 mal liebte

wenn er 1 mal liebte,
gewährte die falle dem hasen einen schnellen tod.

wenn er 2 mal liebte,
sah sich janus an.

wenn er 3 mal liebte,
vergingen zeiten im gleichschritt mit der uhr.

wenn er 4 mal liebte,
war schwarz die farbe der nacht.

wenn er 5 mal liebte,
schmeckte wasser nach seinem durst.

wenn er 6 mal liebte,
traf er bergziegen im tal.

wenn er 7 mal liebte,
wurden spiegel wählerisch.

wenn er 8 mal liebte,
hatte spaß die lacher auf seiner seite.

wenn er 9 mal liebte,
begannen die wörter selbst zu sprechen.

wenn er 10 mal liebte,
hatte ein bettler viel zu tun.

und als er 11 mal geliebt hatte,
begann jedes ende von vorn.

das erste, das zweite, das letzte

das erste: zu laut.
die stille gefangen
im eisigen dröhnen
vergessenen schweigens.

das zweite: zu schnell.
alles bewegt sich,
bewegtsichbewegtsich.
steinerne wellen
umkreisen
den selbst geworfenen stein.

das letzte: zurück.
doch immer weniger da.

zuviel
vom ersten,
vom zweiten,
vom letzten.
zu wenig
noch
vom lange geborenen traum.

tag der details

wie immer
ein tag der details.
matt lackiert,
entspitzt,
die ungefahr einmanikürt,
die nägel blinkten
im apothekenlicht.
ein guter tag
traf einen guten morgen.
gibt es zu schöne frauen für den aspirin-verkauf?

es war, wie es ist:
kein feuer brannte lichterloh,
kein taschendieb ließ seine hände flitzen,
die liebe hielt sich deutlich zurück.
sogar die kollegin wandte sich wortlos ab.

was also tun,
an einem tag der details?
lass sie liegen,
links oder rechts,
dort, wo sie eben sind
und nimm sie gleichzeitig mit.

ein lächeln,
das still in der seele ruht,
bewegt vom zauber des moments
entdeckt es sich selbst.
kein spiegel, der mehr zeigen könnte.
kein auge, das mehr sähe,
mehr säte, vielleicht sogar.

so musst du nicht warten,
auf einen tag der details.
er wartet längst auf dich.

weit weg

nachricht aus der vergangenheit,
fast telegramm für gramm.
eine erinnerung der absender,
eine frage der adressat.
angekommen ohne warnung,
briefkastenlos
auf die erde geworfen.
„gebühr zahlt empfänger".

na gut, ich habe bezahlt.
es ist kaum ein einsatz
für einen kleinen zweck.

die nachricht
war wie aus dem ei gepellt.
die farbe der unschuld hüllte sie ein.
doch statt der sanften rauheit,
die keine absicht kennt,
sah ich den matten glanz
von glattem behagen,
paniert durch kompromisslosen zauber
des einen wegs.

vielleicht,
weil ich es sehen wollte.
vielleicht,
weil es so ist.
doch ich frage nicht mehr weiter.
denn jede geschwindigkeit
ist eine andere.
und schneller gibt es nicht.

es ist alles weit, so weit,
wenn eine antwort näher ist,
als eine nie gestellte frage.

chucky

chucky die mörderpuppe
lebt im telefon ihren tod.

sie lacht,
denn furcht liegt in der luft.

sie heult,
denn grauen ist ihre farbe.

sie schreit,
denn nichts ist leiser als ein zittern.

sie krächzt,
ein rabe, der böses dabei denkt.

sie lügt,
denn hass kann nicht verzeihen.

chucky ist kein armes mädchen,
sie tut nur, was sie ist.

fernweh

ich liebe dich so nah so fern,
so gern
im leben
eben.
doch manches mal
ist weiter
eben näher,
ist jeder zäher
näherschritt ein steilgeleiterter
vom berg zurück ins tal.
drum sei so nett
und schau,
verbau
uns nicht den weg zum eins durch zuviel zwei.
was du und wo stattdessen tust, ist einerlei.
es kommt nur darauf an,
der fakir in dir findet dort sein nagelbrett.

noch 10 tage

luftblasen,
schwer wie ein wahrer verlust,
steigen empor.
erdrücken dich
mit dem gewicht des gewesenen,
mit der frage des hier-sein-dürfens,
mit dem, was dich morgen
aus dem heute formt.

dein kopf sinkt tiefer.
kaum tragbar
scheint seine masse.
die masse
der gedanken,
formlos geworden,
ausbrecher aus offenem vollzug.

die linie fehlt,
zerrissenes band und
praller ballon in einem,
mit explosivem nebel gefüllt.
die flamme bist du,
der knall,
der rauch,
der letzte sauerstoff verbrennt.
der nebel,
eine wabernde mauer,
die dich ausfüllt.
umhüllt.
deinen atem verschließt.

gedanken,
kraftlos abperlend
fließen sie fort.
und du siehst machtlos zu.

deine seele
am kleiderbügel
passt heute nicht.
zu groß
für den versuch,
den nächsten moment zu erreichen.
zu klein
für die gesamte spannweite
deines flügelschlags.

zu viel.
zu wenig.
was soll's.
noch 10 tage!

tribute to a shampooflasche

sich gegen den wind zu lehnen
ist der mühe wert,
denn es ist keine.
er trägt das gewicht wie von selbst.

sich gegen den wind zu stemmen
ist oft vergebens,
es verleitet ihn nur zum ungestüm.
und weicht die balance,
gewährst du der kraft des schlechten zuviel.

als der wind kam,
wuchsen mauern empor.
und gewalt ließ der kraft keinen platz.
niemand setzte stein auf stein,
sie entstand aus sich selbst.

vielleicht ist es wahr:
die mauer in unseren köpfen sind zwei.
die pflanzen hinter den mauern
ließen blätter und neue wuchsen nach.
die eine hart,
die and're zart,
doch beide vom selben gesträuch.
was die eine zog,
schwand bei der and'ren dahin.
und was die and're nicht sah,
trieb sie fort von der einen.

so mauern sich mauern selbst ein.
und die hoffnung wird nicht zur kraft,
im wind zu lehnen.
zur kraft, die keine ist.
vielleicht ist es wahr:
die mauer in unseren köpfen sind zwei.
und beide sind eine zuviel.

ritschratschrupf

abrissmentalität.
sie sind immer zu zweit.
mein auge muss nicht folgen,
schon gar nicht mein verstand.

ja, das ist ritschratschrupf,
mein automatikgetriebe
in millimeterarbeit.
kein halten mehr,
der motor setzt ein,
beschleunigend mit jedem riss.
wahre perfektion
handmade by mir.

nein, kein talent ist der grund.
gewohnheit wird wohlwollend „training" genannt.
vielleicht gerade deshalb
kommt überraschung vor dem verstehen.
doch jetzt ist sie da,
die erkenntnis über den sinn von details.
und leicht verklärt summend
bete ich meine zauberhände an.

alles für'n arsch!

alles

alles riecht.
das gesicht eines tiers im ausdruck der menschen.
verzweiflung im keim erweckter erinnerungen.
der saft im köstlichen kuss der ungewissheit.

alles schmeckt.
das leben in der hohlen hand eines traums.
früchte einer seele, körperweit verstreut.
der moment, wenn du sagst, es gibt dich nicht.

alles hört.
die verunsicherung im kalender der tage.
kein kompromiss im verzeihen.
pralle stille am ende unbeschreiblich schöner musik.

alles sieht.
die vorstellung der vollkommenheit eines herzens.
eine biene im irrtum ihrer landung auf rot.
die arroganz des einen wegs.

alles spürt.
die scheinbare bedeutungslosigkeit verlorener lieben.
hunger nach frühling im winterspeck des bären.
die lust auf zeichen.

alles fühlt.
der löwenmut in ersten kinderschritten.
wut durch ein leben im vergleich.
das wollen anderer rhythmen.

alles ist da.
kein mensch braucht einen sinn.

nur

nur eine schnelle traurigkeit
gewährte mir der morgen.
vielleicht hatte er wenig zeit,
sie langfristig mir auszuborgen.

nur einen kurzen schmerz
erweckte mir ein blick zurück.
statt blut durchfloss mein herz
für den moment ein schön erlebter augenblick.

nur eine schmale weile
ergoss sich eine träne in den strom.
ich trieb das tröpfchen nicht zur eile,
es war ein herzensgutes karzinom.

und als ich mich dann fallen ließ,
machte es nicht mal „platsch".
dem kurzen schmerz, ich daraus schließ,
liegt trockenheit wohl mehr als matsch.

anfang der leere

verstehen ist der anfang der leere,
sie missgönnt dem geraden tag die nächste kehre.
na gut, du hast es kapiert,
aus allen gründen begründungen sortiert.
die schuld, soweit es sie gibt,
wurde verteilt, wie jede waage es liebt.
keiner da, die tränen zu zählen,
wie auch, wenn beide sich quälen.
keiner mehr da, sich ins andere zu stürzen,
zu viel raum, um die distanz zu verkürzen.
ist dankbarkeit ein zeichen,
dass die blasen von nun an nach innen entweichen?
ist nicht vermissen
so viel mehr als vom verlust zu wissen?
hat ein trüber blick im zorn
nur einen hauch der kraft eines solchen nach vorn?
und baut nicht (auch rückwärtige) freude
auf jedes fundament die schönsten gebäude?
schon gut, so einfach ist es nicht,
denn jeder gerät ins holpern,
beim versuch, ohne licht
die kellertreppe nach oben zu stolpern.
doch „niemand ist allein", sagt tom,
was ich seit neuestem für richtig halte.
denn du bist schließlich selber rom,
mit allen wegen zu deiner seelenspalte.

schweigen

schweigen ist das atmen des motors
auf einem grünen feld
nach langer fahrt.
ein kühlendes tickern
der inneren uhr zurück.
es befächelt die schweißglänzende stirn
mit sanft-trocknendem hauch.

schweigen ist wissen
vom wert der worte,
geritzt in den baum am wegesrand.
ein steinchen eingerillt in dein profil.

schweigen spricht,
wenn in des redens strudel
das wasser sich selbst verschlingt.
ein sandiger fluss
in unaufhörlichem regen.

schweigen ist der augenblick
der geburt eines lächelns,
aufsteigend aus dem nebel
des anbrechenden tags.
ein ballen duftendes heu,
bereit zum auffang deines falls.

schweigen ist die ruhe
zu zeiten des sturms,
der orkan im flüstern der stille.
blind vor verständnis
baut es sein haus ohne mauern.
mit einer tür
im jenseits geschlossener lippen.
und du bist hier mal dort
und umgekehrt.

ntf - ntd

niemand,
der je
diese schönheit
vernahm,
müsste jemals wunder deuten.

niemand,
der je
diesen schmerz
gesehen,
müsste jemals angst verstehen.

niemand,
der je
diese hoffnung
kannte,
müsste jemals stille schreien.

niemand,
der je
um diesen atem
rang,
müsste jemals leere fürchten.

niemand,
der je
die verzweiflung
in sich fand,
müsste jemals teufel wecken.

niemand,
der je
diese liebe
verlor,
müsste jemals engel rufen.

niemand,
der je
diese liebe
gab,
müsste jemals welten bauen.

niemand,
der je
diesen mut
begrub,
müsste jemals kräfte heben.

niemand,
der je
dieses selbst
vergaß,
müsste jemals namen ritzen.

niemand,
der je
diese bilder
sprach,
müsste jemals wieder träume finden.

there's nothing to fear
there's nothing to doubt
is someone listening once again?

07.02.2002, 16:09 uhr

leider
schon wieder fort,
das gefühl von vorgestern.
wohl nur kurz
am bart gerupft.
aufbewahrungsfrist gibt's keine.

schade.
es hätte so schön
werden können.

als pusteblume.

oh sandy

wüsche sandy ihre stimme
durch kirschkernbeschuss,
sie zersprängen zu tau.
sie hat nichts gemein
mit mittleren strömen,
dem fluss gestauter erwartung.
sie lässt,
wo scheinbar sie ein zeichen setzt,
keine gedanken zurück.
doch wo ist ein gedanke,
wenn der augapfel schwingt?

wenn sandy tanzt,
spricht ihr körper dem moment ein gebet,
und schlangen lispeln den choral.
was soll man auch sonst tun,
wenn man als taktstock geboren wird?

sandy erzählt geschichten,
in 3 minuten verglühen sterne.
sie lässt ein gutes haar an der erinnerung
und wirft sich tagtäglich dem löwen ins maul.

sandy lächelt und sagt:
„thank you for being so kind!"
und geht genauso schnell,
wie eine bühne es erträgt.
vielleicht,
weil mehr doch nur im mehr versinkt.

ich ging,
doch war's für flucht schon längst zu spät.
so voll benetzt von ihrem spinnenbein.
ich wusste genau:
wenn ich sie sandy-baby nenne,
schlägt sie mir spindelfäustig in die fresse.

zeit

die zeit ist jemand wie du und ich.
einfach da wie du und ich.

was da bedeutet?
da ist die mitte von gegeben und genommen.
da ist, wenn die luft verschwimmt.
da ist, wenn die biene lüstern am nektar nippt.
und da ist, wenn du sagst „bitte geh".

die zeit ist also immer da.
und immer ist sehr oft.

dreiecksbeziehung

ich habe ein gedicht gemalt,
ein wortgefühl aus bildern.
es macht wortwörtlich sich bezahlt,
einfälle per pinsel zu schildern.

ich habe musik geschrieben,
mit wenigen worten.
sie ist natürlich nicht bei mir geblieben,
ertastet sich jetzt an schwarzweißen orten.

ich habe ein bild in text gefasst,
alles nur kleinbuchstaben.
es hat in ein rahmenlos gepasst
und lebt mit mir in honigwaben.

so hab ich ein gefühl bei mir
mit dreierlei seiten.
ein dreischwänziges kuscheltier,
in warmen und in kalten zeiten.

es zeigt mir, dass alle meine welten
im grunde doch nur eine sind.
und würde ich mich am nordpol erkälten,
wärmte mich am südpol ein sonnenwind.

es streichelt mich am bauch zur ruhe,
nimmt zweifellos mir zweifelhafte fragen.
denn alles, was ich fühledenketue,
hat immer seine wahre art, sich auszutragen.

bandscheibenerotik

die verzückung des moments
geschieht im nächsten augenblick.
sie gibt dir keine chance.
so genügte dieses mal
ein schmaler grad,
der zug von stoff nach norden,
das wenige,
das zurückblieb,
war so viel.
und schmetterlinge bauten dort verwirrt ein nest.

der einfachheit ganzer

der einfachheit ganzer
zu sein,
scheint das erstreben wert.

der kreiselnde kompass,
rund um die uhr magnetisiert,
das schiff
auf allen meeren
in voller fahrt
im hafen vertäut.

doch noch ein bestreben,
die regeln zu brechen,
um regel zu sein.
denn jeder strom
fließt nur durch zarten druck.
auch wasser wird zur gewalt gedrängt.
und selbst der schwierigste weg
kann nie mehr sein
als nur ein einzelner.

so wird deine wahllose phantasie
zur tapete deiner träume.
zum netz gewoben aus einem faden.

der einfachheit ganzer
ist mitten auf dem weg das ziel.

pünktlich

der tod ist ein termin,
und wer hat den gemacht?
das leben!

das leben also terminiert.
es setzt das wann zur rechten zeit.
es setzt den anfang und das ende.
es zeigt dir, dass die zeit auch dir gehört,
wie alles and're, das du bist.

das leben ist deine sekretärin,
mit zeitvertrag, versteht sich.
einfach immer für dich da.

der tod ist ein termin.
das leben dein reminder.
und du wirst immer pünktlich sein.

müde

ob meine augen es verstehen,
wenn ich die lider schließe?
sie können nicht ahnen,
die welt
steht wirklich auf dem kopf.

und so greifst nach du nach ihm
in der schlinge.
natürlich,
in kilometern zu denken,
widerspricht der theorie,
aber
was sollst du tun,
wenn dein echo im berg verhallt?

du tastest die liebe entlang,
den roten faden
auswendig gelernt.
ein pfad,
so klar
wie der weg des nebels
durchs tal.
doch auch der nebel
löscht den atemdurst,
und du wanderst,
wo du gewandert bist.
gesichert
am seil deiner gaben.

so streifst du umher,
und kratzt dir verblüfft
die augen auf,
weil du wieder
zu müde warst,
die lider zu schließen.

lecker

die einsamkeit trägt selten pink,
sonst könnte ich sie leicht erkennen.
die einsamkeit umweht nur manchmal ein parfüm,
sonst könnte ich sie riechen.
die einsamkeit, sie flüstert nur,
von lauten, klaren worten keine spur.
die einsamkeit trägt keine maske, nein, sie ist sie selbst.
und dann und wann fliegt dir dein ständiger begleiter,
die deines-lebens-dauer-torte ins gesicht.
und du erfährst verblüfft, dass torten lachen können.

tisch 27

haare unter den achseln,
ein skandal mit diesen schuhen.
im grunde anderer herzen.

ihr lächeln,
gelernt-gekonnt-gekühlt,
gut geölte mechanik,
gelehrt vom grunde anderer absicht.

sie erzählte mir den traum,
nicht nebenbei,
zu stark das gefühl.
dem chef
ein schwarzes schaf
im club der vollkommenen tage.

ich hörte den aufschlag
von blätterndem rost
eines nie vergessenen traums,
der morgens die verschlafenen augen öffnet.

und als ihr öl gerinnt,
ertrinkt der motor
für einen kurzen moment
im bad ihrer wärme.

so denke ich an sie
an tisch 27.
in zukunft wird das ihr alter sein.
und während ich es bemerke,
blinzelt mir ein rostsplitter vom lid.

nach einem traum

der tag nach einem traum ist der schwerste,
sagte einer
und verschwand darin.
ganz übergangslos,
harter schnitt.

er dachte ständig daran,
während er im tag war,
sprach,
statt
säusel-hüpfend,
mit grimm-assen im ärmel.

die blicke der kollegen
glitten über seine traumlosen falten,
ließen keine antworten statt fragen fallen.

er tagte weiter,
ohne hindernisse,
über die er bocksprünge versuchte.

dann,
am ende des tages,
griff die hoffnung nach dem schlaf,
senkte seine lider,
schwer,
denn nur kraft war die kraft dahinter.

so erwachte er,
wie eines jeden morgens er erwacht,
und der tag war erneut nur danach.

kälte

die kälte dieses raums,
sie tut so gut.
keine angst
vor der wärme der anderen,
alles fröstelnd im keim erstickt.

wenn nicht gerade jetzt
eine gezuckerte trippelmaus
den boden überflöge.
ein einziges herz
sich selbst hochtourig schlagend
in einen großen arm.

es scheint,
als zerstörte die liebe
sogar den letzten hässlichen traum.

an meinen lieblingstrompeter

lauf mein pferdchen lauflauflauf, streck die hufe, grabe sie in den asphalt, so hart so hart, ist asphalt gegen mich, er sitzt bequem und ich ich reiße mir die wunden weiter auf, lauf mein pferdchen, drängel mich und schlängel mich und winde mich um ein gebinde voller menschen, quält mich nur ihr gehzufüssler, nein ihr tut's ja gar nicht, ich bin's der mich quält, hände kommt und packt mich fest am kragen, soll's doch einer wagen nur ich selber nicht, kragen halte aus ich pack nicht hart nur fest, lauf mein pferdchen, sieht sie mich sie sieht mich sieht mich nicht, sieht er mich sieht mich sieht mich nicht, seh ich mich ich seh mich seh mich seh, ach wie warm du schal mir bist mein feines hals-gewürm, hmmm gewürgt verzückt ich kann mich nicht entscheiden, kann mich nicht, ich kann was ihr nur ihr ver-mutet, ja trompete blasen jazzydazzy, steh einfach da und mundstück du verlass mich nicht, aber nein du bist ja treu und küsst, du küsst so sanft so schlingelig und dingelig und lippenleicht geringeligt, lauf mein pferdchen lauflauflauf, wie ein gedanke zucken sie vorbei, erst eins dann zwei dann drei dann vier dann steht ein and'rer vor der tür, achwas gar keine tür nur ich das ich der ich die ich, lieber gedanke du so bleibe doch ich muss dich besser kennenlernen, so fern gewesen, so nah, so weit, wo find ich dich wo bind ich dich an mich, lauf pferdchen lauf, in meinem hut verhuscht die eine deine mark, du hast geschickt geworfen aus einem meter nicht viel später als im richtigsten moment, du hast gelacht hab ich bemerkt, gelacht ist wenn die seele dich beim händchen nimmt so hatmein vater mir erzählt und ich hab's fast verstanden, und heute heute warst du da, bist du meine seele eine mark ganz flink im hut ein lächeln auf der anderen seite der musik, oh jazz oh lieber guter jazzydazzy lippenswing ich liebe dich, du bist da immer da wie nur du da sein kannst, nix mit vielleicht oder mal sehen sondern da, du all mein vertrauen, ooooh so viele gedanken mein pfer-dchen heute muss ein wichtiger tag sein, sie reiben sich und treiben sich und bleiben niemals irgendwo höchstens im nirgendwo, und when the saints come marching in dann klatschen sie nur ja kein fehler jetzt nicht denken spielen gib ihnen was sie wollen was sie brauchen, und nur du kannst es ich kann es jetzt genau jetzt jeder moment ist hier richtig falsche momente hammwanich (haha), ohje es sind so viele momente gewesen sind und werden wie soll ich sie zählen hab keine zahlen mehr, der moment endet dort wo die nächste zahl beginnt hat mein vater gesagt und ich hab ihn fast verstanden, hab immer alles fast verstanden hab immer gut zugehört und dann gewartet dass er kommt der gedanke dass er sich mir höchstpersönlich vorstellt, nix war's mein pferdchen kaum ist er da ist er weg, hab einfach keine zeit zum begrüßen zum bekanntmachen zum kennen lernen zum kennen hab einfach viel zu wenig zeit, muss doch ständig spielen jazzydazzy jaaa mit tippendem fuß und wippendem kopf wie soll ich da zeit haben, zeit ist nie da wenn man sie braucht nicht wie die musik die ist immer da für mich, ich vertrau dir voll und ganz, stormy monday jetzt leg alles rein ich kenne euch nicht doch ihr kennt mich wenn ich spiele, ihr schaut mich an und nickt da müsst ihr mich doch kennen, vielleicht können wir freunde werden freunde für immer nein nicht weglaufen wir wollten doch freunde werden weg sind sie wie immer, nur du bist da wie immer meine musik meine stücke meine jazzydazzy pferdchen-tönchen meine besten freunde niemals allein und immer zeit mich um euch zu kümmern, kommt wir gehen einen rotwein trinken winken wir zum schluss noch mal zurück und spielen dann ein letztes stück, für eine mark für eintausend mark für eine million mark musik, für mich, lauf mein pferdchen lauflauflauf.

ohne worte

manchmal
kommt die veränderung
schneller,
als manch denken.

ganz

kein teil
ist weniger
als das ganze.

ganz ist
die angst
vor dem verzicht,
der keiner ist.

ganz ist
schlaf
statt
geöffneter augen.

ganz ist
die suche
nach dem spiegel
im anderen.
ein monolith
auf schmalem pfad.

warum stirbt ein puzzle,
wenn es ein bild ergibt?
schwarz
und
weiß
sind keine farben.

ein komischer pullover

nicky ist ein komischer pullover,
so selbstgestrickt und fein,
ganz kragenlos.
sie bewegt sich im rahmen ihrer bewegungen.

nicky schweigt dort,
wo die lust am wort den abend fängt
und lässt nicht jede frage frei.

wenn nicky sich entspannt,
schwirrt spannung durch die luft,
jedoch kein hauch von illusion.
ihr fluss der phantasie verläuft in tiefen gräben.

doch nicky ist ein komischer pullover
und zeigt der münze zweites gesicht.
ihre uniform ein alptraum der generäle,
verhüllt sie die dauergeburt ihres wunschs.

so trägt nicky ein leben am körper,
das andere weit davon entfernt.
und ihre geschwindigkeit
entscheidet über hin und weg.

aber vielleicht ist nicky
einfach nur ein komischer pullover,
kragenlos
und dennoch warm im wind.

was ist bewegen
im sicheren gefühl der hoffnung?
was schweigen,
wenn die seele schreit?

die kleinste welt

auch die kleinste welt ist rund,
sie endet nur, wenn du sie enden lässt.

der größte schmerz ist auch ein lebenszeichen,
d'rum lass ihn nicht zu schnell vergeh'n.

dass jeder anfang sich erst ziert,
darfst du ihm nicht gleich übel nehmen.
er wird sich bald der mitte anvertrau'n.

die kleinste welt trägt keine schuhe,
d'rum folge ihrem ton, der schritt bleibt unsichtbar.
ein ohr genügt, huschhusch...

...du wirst die rundung finden, rundung sein.
und dann, am endeanfangendeanfangendeanfang...

frau p.

dankeschön frau p.,
dass sie ohne jeden anspruch
des gedankens,
einen solchen
daran zu verschwenden,
ganze gedankenbanken
wenden.

dankesehr,
dass sie es schaffen,
scheibenweise diese unnatürlich-zahmen affen
in den wald zurückzutreiben.
dorthin,
wo sich all die anderen gedankenbiester
willig aneinanderreiben.

und zubesterletzt
ich danke
für die einsicht,
der zuliebe diese gar nicht schlanke schranke
meiner süchte
grämmchen weniger gewichte
mit sich trägt.

und sich in zukunft
– nur vielleicht –
von selbst nach selbst bewegt.

vielleicht

je weiter wir uns strecken,
desto höher wird der himmel.
wir laufen ständig,
gar nicht mal keuchend, dennoch atemlos.

vielleicht,
weil wir wissen,
die erde ist eine kugel,
die uns immer sicher ans ziel bringt.

vielleicht,
weil wir zu aufrecht sind,
um nicht auf den horizont neugierig zu sein.

vielleicht,
weil der traum das leben ständig sanft am gürtel hält.

und wäre es nicht so,
würden wir irgendwann erschöpft stehen bleiben?
kein wunder, dass die knie nach vorne zeigen.

mal wieder

mal wieder am abgrund stehen,
mit geöffneten augen.
und dann der nächste schritt.

keine selbstgemauerte wand
mit steinen in reih und glied.

mal wieder kein netz vor dem sprung.
einfach hüpf und hopf ins prickelwasser.
im aufschlagsschmerz keine zeit für erwartungen,
die haltung zu offen,
um wirklich weh zu tun.

das tauchen keine frage der tiefe des atmens,
das herz macht den freischwimmer ganz ungeübt.

mal wieder frisieren mit dem wellenkamm,
im wellental vom braunen boden grasen
und kauen immer wieder die gleiche frucht.

und dann auf der zunge zergehen lassen…
…den eingesprungenen wind,
…das wasser, whirlpool fürs herz,
…die erde, acker ohne furcht.

bleiben

wieviel zeit braucht die liebe,
nichts anderes zu sein?
wieviel blut bewegt ein herz?
ein gefühl am tropf der gedanken,
oder doch
der traum im schalensitz?

wieviel zeit braucht das glück
im saftigen bad kurzer verzückung,
bis es allein sein kann
zu zweit?

ist geduld eine frage des glaubens?
der hoffnung?
eines wissenden blicks nach vorn?
oder nagt einfach der zahn der zeit
am trockener werdenden kanten?

wieviel zeit braucht die liebe
und wieviel kraft,
den zeiger zu drehen
im schwächsten moment?

nur bleiben
ist stehen am falschen platz.

borkenstücke

je stärker die strömung,
desto schneller scheint das ziel erreicht.

sie sprang ins wasser,
schwang sich auf ein borkenstück
und floh mit fremder kraft.

warum sie es liebte?
vielleicht war es einfach die lust an der wahl,
den richtigen abschnitt des ufers,
an dem sie landen würde,
selbst wählen zu können.

vielleicht die gewissheit,
dass hier die ruhe niemals versiegt.
zu treiben auf der ewigkeit.

und vielleicht schenkte es ihr die sicherheit,
dass irgendwann alles endet.
und dass die schuld am ende meist früher beginnt.

so wurde aus hoffnung langsam freude.
und der traum ritzte seinen namen in ein borkenstück.

gegenhalten

cooles tun
zum uncoolen schein.
uncooles denken
zum coolen sein.

der magnetismus des widerspruchs
wird zum ewigen gesetz.
gegenhalten zum prinzip jeder tat.
der antrieb verschluckt sich am eigenen benzin.

es ist ein verdammt langer weg,
wenn man die alte kreuzung immer wieder neu verfehlt.

sucht

der wachsende schmerz in meiner schulter
ist wie die sucht nach keinem gedanken.

ob sucht von suchen stammt?
ist süchtig suchend gleich?

die aufgabe der suche im übermaß,
verdeckt im ständigen strom der angst,
kapitulierend vor dem verlangen.
ohne aussicht, das ziel je zu finden.
oder gar: gezielt ohne ziel vor augen.

sucht verteilt den schmerz auf lange zeit;
und es geht weiter... immer weiter.

du suchst den halt im sich-verlieren,
und alles, was du findest,
ist das ende der form,
geschmolzen im unaufhörlichen teig.

der feind,
die einsicht,
findet keinen platz
im herzen einer ach so sicheren idee.
doch das wissen von einsicht
ist ihr doch nie genug.

der wachsende schmerz in meiner schulter
ist wie die sucht nach keinem gedanken.
niemals zu verschwinden
im einst schier endlosen horizont.

häutung

die häutung
ist ein kleiner tod am wegesrand.
abgestorben und zurück
hinterlässt sie meist geschlossene wunden.

das alte,
kleid aus fehlern und erleben,
verwelkt zum stoff,
aus dem die träume waren.
und neue wolken türmen sich nun durch deine hand.

noch zuckst du leicht zurück,
beim sanftesten schritt
auf die rosigen stellen.
zu dünn noch der geschmack
vom frisch geschlagenen rahm.

doch jeder löwe wird ohne mähne geboren,
und haut stirbt erst
beim allertiefsten schnitt.
so vergeht der schmerz zu seufzern
und jedes zucken gärt zur schönsten lust.

auf deiner frisch gegerbten haut.

wahrheit der kleinen lüge

erst zog sie ihn,
dann sank sie hin.
zerrissen vom warmen schein
der letzten chance.
bereit,
die tiefsten löcher zu stopfen
mit fadenscheinigem garn.

und er?
welches seiner steinchen
passte in ihr mosaik?

sie schwieg vor dem lärm der antworten,
vertraute auf die unzählige macht der möglichkeiten,
und gewährte sich
die wahrheit der kleinen lüge.

der gerade blick wird kurvenreich
im angesicht des glücks.
doch bewegung verharrt
im starren augenblick der angst.

nein! hoffnung ist mehr als der faden vernähter augen.

dieses mal

dieses mal
zerrt lange schon
den gedanken
hinter sich her.

dieses mal
verliert sich
die sehnsucht nicht
im kleinsten raum.

dieses mal
überdauert die zeit
das vergessen.
nicht umgekehrt.

dieses mal
ist alles so
wie immer.

weitermachen.

durchgangsstation

…von gestern nach heute nach morgen.
nicht für eine immer schon gewesene zeit.
einfach nur für jetzt nach später.

ein ort in aller bescheidenheit,
scheinbar nur dem bewohner verpflichtet.
nicht mal eine falsche eitelkeit
am manchmal richtigen platz.

der ausgang für den nächsten augenblick,
lager aller möglichkeiten,
weiß von seinem schnellen tod.
er kommt mit der veränderung
und bleibt vergessen zurück.

doch nichts wäre ihr trauriger
als das festhalten am flüchtigen moment.
und so gibt sie alles
für das fehlen der erinnerung
und für die kraft
jeder kommenden kleinen zeit.

in welchem raum man sich bewegt,
ist nicht nur ein zeichen.

4 sätze

die leere erfüllt dich in den seltensten momenten.
vielleicht im letzten augenblick.

die tiefe geht weiter als die wanderung auf eigene höhen.
sie findet den sinn nur im widerhall.

die distanz ist keine frage größerer entfernung.
vielmehr die antwort aus nächster nähe.

das beste ist keine steigerung von gut oder besser.
denn auch puzzlestücke mit spielraum
ergeben ein zauberhaftes bild.

moment der entscheidung

der moment der entscheidung
ist immer jetzt,
kein platz für
wenn und oder aber.

der moment,
in dem jede noch so kleine zukunft beginnt,
die stunde null
für alles, was folgt.
die umleitung der stroms im tundrasommer.

jede metapher stirbt
im moment der entscheidung,
jeder traum erkennt sein spiegelbild.
konturenschärfe gewinnt an gewicht.

so wird gemeißelt,
was bisher schimmer war
und taten erheben ihre stimme laut.

nach vorne.
ohne bedauern?
der erste schritt
überholt ein verblichenes vielleicht.
und zuvor angesaugte leere
versteinert zum bloßen wort.

eine kleine sünde

eine kleine sünde schoss mir eben durch den kopf.
nie beklagt in vergangenen zeiten.

kein verrutschter blick,
oft zufall genannt,
spülte mich damals
sanft ans ufer der erklärung.
vielmehr riss ich selbst die planken entzwei,
die zum schiffbruch führten.
und der rettungsring ging
zuvor und einsam über bord.

es war nur ein gesicht,
das mich daran erinnerte.
nicht schuld oder ein bruch mit dem verdrängen.
weshalb das alte im neuen beim alten bleibt.
mit einem fragezeichen statt bedauern.

schäm dich!

mein monster

mein monster sitzt im handgelenk,
ganz schockgefrostet.
es scheint, als wär als gastgeschenk
die seele gleich mit eingerostet.

mein monster hat zwei beine
und einen berg aus tränen.
es lebt mit mir an langer leine,
mit weitem raum, sich anzulehnen.

mein monster füllt die off'nen fugen
mit seinem viel zu stillen zorn.
egal, ob sie es küssten oder schlugen,
es lebt, als würde es ständig neu gebor'n.

mein monster spielt verstecken
mit meinem süßen mut.
es muss einfach den grund entdecken,
wenn sich statt tat nichts tut.

das monster meiner zeit
ist tief in jedem tag verborgen.
es kriegt wohl nie gelegenheit,
sich freiwillig selbst zu entsorgen.

mein monster kann sich im vergleich
mit anderen nicht sehen lassen.
es schafft es nicht, auf einen streich
die ganze welt komplett zu hassen.

mein monster fühlt sich wohl bei mir,
ganz ohne fluchtgedanken.
kein wunder, schließlich findet es hier
im grenzbezirk nur wenige schranken.

mein monster hat im grunde
nichts wirklich böses im sinn.
nur dann und wann, zur geisterstunde,
wirft es die vorbehalte hin.

mein monster kennt im kampf
nur ein einziges echtes ziel:
den selbstgestrickten wadenkrampf,
kirschkerneschlucken statt -spucken – mit stiel.

vielleicht, so sagt mein monster gern,
wird es mich irgendwann verlassen.
doch leider kann kein sklave dem herrn
den ring durch die nase verpassen.

so bleibt mein monster erst einmal
wohnhaft in allernächster nähe.
und ich, ich schnüre weiter meinen schal
ein wenig enger, dann, wenn ich es sehe.

ganz weit hinten, ganz weit vorne

angebot aus dem nebel:
„wie wär's, zu verschwinden?"
nicht wie damals im ersten wunsch,
dem fokus von vorne
in den rücken zu fallen.
vielmehr einfach
ex und hopp und weg.

verlockend leicht das versprechen.
doch welcher abschied
schien jemals anziehend genug?
manch winken erzeugt nur gegenwind.
und bleiben hat nichts
mit stehen am hut.

die kunst dagegen ist
ganz weit hinten,
ganz weit vorne.
auf kürzestem weg.

denn im verschwinden liegt
der schärfste blick verborgen.
der zug in warmen süden.
und dort im meer
gewähren sich die zackenbarsche
runde träume
und dünen kreuzen freundlich
ihren wanderbaren weg.

die wahl
ist sehr bequem
auf einer nebelbank.
das nicken
zum eigenen erwarten.

und wo wir sind,
spiegelt sich hart
auf den sitzen der sehnsucht.

d'rum prüfe, wer sich ewig bindet,
ob man sich nicht gleich selbst verschwindet.

nicht festhalten können

nicht festhalten können
ist wie ein selbstversuch am leben.
eine operation am verschlossenen herzen.
richtig ist richtig im richtigen moment.
und hinterher ist die entscheidung entscheidend.
der ausgang gibt nur dem weg bedeutung.
er stirbt für sich selbst
einen schnellen, fast schmerzlosen tod.
die hoffnung aufs nächste gehört zur familie.
bruder im glauben.
schwester in der angst.
cousinen in warteposition.
und mit jedem punkt beginnt ein ende von neuem.

nein, es ist nicht egal,
was durch die finger schlüpft.
alles hinterlässt spuren im griff.
und auch die kleinste narbe
war einst von weichem schmerz bewohnt.

doch vielleicht ist jedes ende nur
ein schlussstrich der seele.
die aufgebügelte zitronensaft-sehnsucht nach anfang.
und nichts, was gewesen ist, ist jemals vorbei.

nein, nichts nimmt einfach seinen lauf,
wenn man ihn lässt.
nicht festhalten können
gibt zu viel nichts zu viele chancen.